EL BARCO DE VAPOR

Mini entra en acción

Christine Nöstlinger

Traducción de Carmen Bas

sm

elbarcodevapor.com

Primera edición: julio 2006
Tercera edición: octubre 2008

Dirección editorial: Elsa Aguiar
Coordinación editorial: Gabriel Brandariz
Diseño de la colección: Estudio SM
Ilustraciones: Christine Nöstlinger Jr.
Traducción: Carmen Bas

Título original: *Mini greift ein*

Impresores, 2
Urbanización Prado del Espino
28660 Boadilla del Monte (Madrid)
www.grupo-sm.com

ATENCIÓN AL CLIENTE
Tel.: 902 12 13 23
Fax: 902 24 12 22
e-mail: clientes@grupo-sm.com

ISBN: 978-84-675-1089-8
Depósito legal: M-40537-2008
Impreso en España / *Printed in Spain*
Orymu, SA - Ruiz de Alda, 1 - Pinto (Madrid)

Esta es Hermine Zipfel. Tiene ocho años y es muy alta y muy delgada. Es pelirroja y tiene la cara llena de pecas.

Todos la llaman MINI. En los cuadernos del colegio ella también pone: MINI ZIPFEL. La verdad es que no le gusta nada el nombre de HERMINE. Muchas veces le dice a su madre:

–¡Qué mala idea haberme puesto ese nombre!

Y mamá le contesta siempre:

–En primer lugar, Hermine es un nombre muy bonito. Y en segundo lugar, a mi madre le hacía mucha ilusión que tú llevaras su nombre.

Mini no puede quejarse a esta abuela por llamarse así. Hace ya muchos años que murió.

Por eso Mini siempre se queja a su otra abuela, la abuela Zipfel.

–¿Por qué no insististe en que me pusieran tu nombre? –le dice a menudo a la abuela Zipfel.

La abuela Zipfel se llama Theresa. Mini no tiene nada contra ese nombre, le gusta.

Pero entonces la abuela Zipfel se ríe y dice:

–Si te llamaras Theresa seguro que preferirías llamarte Hermine. A casi nadie le gusta su propio nombre.

A Mini le gusta ir al colegio. Prefiere los días de clase a los días de vacaciones.

Las vacaciones solo le gustan cuando se va de viaje. Las vacaciones en casa le parecen muy aburridas. Lo único que hace es pelearse con su hermano, Moritz. Moritz es dos años mayor que Mini, y no pasa un solo día de vacaciones sin que se pelee con él.

Antes de las vacaciones de Pascua, Mini se propuso: «¡Estas vacaciones no va a haber más peleas! Da igual lo que haga ese granuja, yo no le haré caso y me estaré callada. ¡Sus estupideces se las llevará el viento!».

El primer día de vacaciones, Mini pudo cumplir lo que se había propuesto sin inmutarse. Aunque no le resultó fácil, pues Moritz estaba aburrido, y cuando Moritz se aburre busca pelea.

El segundo día ya no lo consiguió.

La pelea comenzó ya en el desayuno. Moritz no paraba de llamarla HERMINE. Y Mini no fue capaz de aguantar sin inmutarse que la llamaran tantas veces Hermine. Así que le gritó a Moritz:

–¡Ya está bien, señor ZIPFEL!

Pues con Moritz ocurre lo siguiente: está muy contento con su nombre, pero odia su apellido. ZIPFEL le parece ridículo.

Apenas había dicho Mini ZIPFEL, cuando a Moritz se le pusieron las orejas rojas de furia y parecía que los ojos se le iban a salir de la cara. Apretó los puños y se abalanzó sobre Mini como un loco. Pero a Mini no se le da muy bien el boxeo. Así que no estaba dispuesta a mantener un combate con su hermano. Estiró una pierna y empujó la silla de Moritz. Solo pretendía apartarla un poco. Lo suficiente para que Moritz no la alcanzara con sus puños. Pero la silla se cayó hacia atrás, y Moritz con ella.

Papá entró en la cocina, vio a Moritz en el suelo y exclamó:

–¡Eso te pasa por balancearte con la silla!

–¡Ella me ha empujado! –gritó Moritz.

–¡Algún motivo tendría! –dijo papá, y salió de la cocina. Se le hacía tarde para ir a la oficina.

Moritz se levantó furioso del suelo y dijo entre sollozos:

–¡Por tu culpa tengo una conmoción cerebral!

–Donde no hay cerebro no puede haber una conmoción –murmuró Mini, y se fue a su habitación.

Se quedó allí toda la mañana, pues pensó: «¡La única manera de evitar las peleas con ese granuja es perderle de vista!».

A mediodía, Mini fue a la cocina, pero en cuanto mamá le puso la comida en el plato se marchó.

Por la tarde, mamá llamó a la puerta de la habitación de Mini:

–¡Ha venido la tía Berta!

La tía Berta no es una auténtica «tía». Es una amiga de mamá. Vive en Tullnerdorf. En una casa con jardín. También trabaja allí. Hace tapices y luego los vende. Hace los tapices con trozos de tela.

La tía Berta se lamentó y dijo:

–Me tengo que ir en seguida. Pero ¿no te gustaría venirte un par de días conmigo?

–¡Claro que sí! Aquí lo único que hago es pelearme con Moritz.

Cogió una bolsa de viaje y metió braguitas, camisetas, vaqueros, su cepillo de dientes, un pijama, un jersey, calcetines y su conejo de peluche.

Juli y Evi tienen la misma edad que Mini. Juli vive en la casa que hay a la izquierda de la casa de tía Berta. Evi vive en la casa que hay a la derecha de la casa de tía Berta. Siempre que Mini va a Tullnerdorf juega con Juli y Evi. Se lleva muy bien con las dos.

Cuando Mini tenía ya la maleta preparada, entró Moritz. Llevaba en la cabeza una bolsa de plástico llena de cubitos de hielo.

–Lo siento –dijo Mini.

–Se puede soportar –dijo Moritz dándose importancia, y luego preguntó–: ¿Puedo usar tu bicicleta mientras estás fuera? (Y es que la bicicleta de Mini es nueva.)

–Bueno –dijo Mini. Y se aguantó decirle: «¡Solo eres amable cuando quieres pedirme algo!».

Mini se fue hasta el recibidor con su bolsa de viaje, se puso la chaqueta y el gorro y dijo:

–¡Estoy lista!

Pero tía Berta no parecía tener tanta prisa como había dicho. Se quedó con mamá en la cocina y dijo en voz alta:

–¡Tengo que contarle una cosa rápidamente a tu madre!

Mini esperó. Cinco minutos, diez minutos. Después de quince minutos gritó:

–¿Vais a tardar mucho?

Esta vez contestó mamá:

–¡Tengo que contarle una cosa rápidamente a tía Berta!

Mini se fue al cuarto de estar. Moritz estaba sentado delante de la televisión. En la pantalla se veía una masa de gente peleándose. Mini se sentó junto a Moritz y preguntó:

–¿Cuáles son los buenos, cuáles los malos?

Moritz contestó que todavía no se

había enterado, que acababa de encender la televisión.

–¿No hay algo más divertido? –preguntó Mini.

Moritz dijo:

–¡Esto es muy divertido! ¡Mira cómo rompe mandíbulas ese de la camisa roja!

–¡Si alguien te rompiera a ti la mandíbula, no te parecería tan divertido! –dijo Mini.

–¡Hermine, me pones nervioso! –gritó Moritz–. ¡Lárgate, Hermine!

Mini exclamó:

–¡El señor Zipfel no me va a decir a mí cuándo me tengo que largar!

–¡Vuelve a llamarme Zipfel –dijo Moritz enfadado–, y te rompo la mandíbula!

–¡Zipfel, Zipfel, Zipfel! –dijo Mini.

Moritz se iba a abalanzar sobre su hermana, cuando entraron mamá y tía Berta en el cuarto de estar. Mamá gritó:

–¡En paz!

Y la tía Berta dijo:

–¡Mini, nos vamos!

Mini le susurró todavía a Moritz:

–¡Adiós, Zipfel!

Mini le dio a mamá dos besos de despedida y le encargó darle uno de ellos a papá.

Luego salió del cuarto de estar, cogió su bolsa de viaje y corrió hacia el ascensor.

La tía Berta la siguió y preguntó:

–¿Por qué corres tanto?

Mini contestó:

–Por si te acuerdas de pronto de algo que tengas que contar a mamá rápidamente.

En el momento en que llegaba el ascensor, mamá abrió la puerta de casa y exclamó:

–Berta, ¿tienes un asiento para niños en el coche?

–¡Oh, no! –dijo tía Berta–. Tengo que coger uno de tu coche.

–¡Imposible! –dijo mamá–. Mi coche está en el taller.

Mini opinó que para el par de kilómetros que había hasta Tullnerdorf no hacía falta el asiento para niños. Pero mamá no estuvo de acuerdo.

¡Ni pensarlo! En primer lugar, estaba prohibido, y en segundo lugar, era peligroso.

–¿Entonces me tengo que quedar en casa? –preguntó Mini. Le entraron ganas de llorar.

La tía Berta dijo:

–Voy a comprar un asiento para niños y luego te recojo. Tardaré a lo sumo media hora.

La tía Berta se subió al ascensor, Mini entró con mamá en casa y se puso a esperar. Pasó media hora, y entonces sonó el teléfono. Mini descolgó el auricular y contestó:

–Zipfel.

Y la tía Berta dijo:

–Ya tengo el asiento. Ahora estoy en el supermercado. Voy a comprar algo para la cena. Tardaré a lo sumo media hora.

No pasó media hora, sino dos horas hasta que tía Berta llegó.

Porque en el supermercado se había encontrado a un amigo y había estado hablando con él.

–Lo siento –dijo muy compungida–, realmente no tengo noción del tiempo.

Hacía tiempo que había oscurecido y las tiendas estaban ya cerradas cuando Mini y tía Berta salieron de casa y se dirigieron hacia el coche.

De casa de los Zipfel a Tullnerdorf mamá tarda una hora en coche. ¡La tía Berta tardó dos horas! Porque paró varias veces. Primero en una gasolinera. El coche necesitaba urgentemente gasolina y aceite. Luego, en un cajero automático. Porque se había quedado sin di-

nero en la gasolinera. Luego aparcó delante de una pastelería. Porque en el supermercado se le había olvidado comprar una tarta. Y cuando llegaron a Tullnerdorf paró en casa de su asistenta. Tenía que darle la pomada para las varices que le había comprado en Viena.

Cuando Mini se bajó del coche delante de casa de tía Berta, estaba muerta de hambre y de cansancio.

Ni en la casa que había a la derecha de casa de tía Berta ni en la casa que había a la izquierda de casa de tía Berta se veía luz en ninguna ventana.

Mini siguió a tía Berta por el jardín hasta la casa y pensó: «¡Evi y Juli están ya durmiendo! Mañana iré temprano a buscarlas. Primero a Juli, y luego iremos las dos a por Evi».

Tía Berta no es una persona muy ordenada. Su casa solo está «recogida» cuando ha estado antes la asistenta. Y, al parecer, hacía mucho tiempo que la asistenta no había estado en casa de tía Berta.

¡La cocina era un caos total! Por todos lados había sartenes y cacerolas sucias, platos con restos de comida, vasos con marcas de pintalabios. Y entre medias, tenedores, cucharas y cuchillos sin limpiar.

Tía Berta dijo que era muy tarde para asar un pollo. Mini asintió bostezando.

Puso los trozos de tarta que había comprado sobre la mesa. Sobre cada uno de los trozos había un poco de merengue. Mini odia el merengue. ¡Se pone mala solo de verlo! Pero no quería decirlo. Así que disimuló:

–¡Estoy tan cansada que no puedo ni comer!

–Entonces te haré en seguida la cama –dijo tía Berta, y se fue a la habitación para invitados. Mini se lavó los dientes en el cuarto de baño, se puso el pijama, sacó su conejo de peluche de la bolsa de viaje y le dijo a su tripa que no paraba de sonar:

–¡Cállate!

Cuando tía Berta gritó: «¡Ya está lista!», Mini fue con su conejo de peluche hasta la habitación de invitados y se dejó caer sobre la cama.

Aunque Mini estaba muy cansada, no conseguía dormirse. Pues su tripa rugía como un tigre furioso y la cama estaba helada.

Mini se abrazó tiritando a su conejo de peluche y contó ovejitas que saltaban por encima de una valla. Era el truco de Mini para dormirse. Cuando saltó la oveja número cien, Mini se quedó dormida.

A la mañana siguiente, Mini, se despertó al amanecer. ¡La despertaron los ruidos de su tripa!

Todavía no había salido el sol. Mini se deslizó de puntillas hasta la cocina sin hacer ruido. Pues la tía Berta todavía dormía. Que la tía Berta estaba dormida lo podía oír Mini. ¡Roncaba tan fuerte!

Mini encontró pan en la panera. ¡Por suerte estaba cortado en rebanadas! Pues Mini es un desastre cortando el pan. Luego inspeccionó la nevera. Aparte del pollo y una lechuga, no había mucho en ella. Solo un frasco de mostaza dulce y un frasco de pepinillos en vinagre. Y una botella de leche medio vacía. Mini untó mostaza en tres rebanadas de pan y puso unas rodajas de pepinillo encima. Mini se zampó en un segundo las tres rebanadas de pan y la media botella de leche. Ya estaba su tripa tranquila. Dejó de crujir.

Luego, Mini se deslizó de puntillas hasta el cuarto de baño. Se vistió y se cepilló el pelo.

No se lavó la cara ni los dientes. Pues el dormitorio de tía Berta estaba junto al cuarto de baño y Mini tenía miedo de que el ruido del agua la despertara.

Luego, Mini se sentó en la cocina. Se quedó mirando el reloj de la pared y esperó hasta las nueve. ¡Ir de visita antes de las nueve le parecía tan descortés!

Un minuto antes de las nueve, Mini se puso en camino. Primero corrió hasta la puerta del jardín de la casa de la izquierda. Estuvo un rato llamando al timbre. Pero en la casa no se movía nada.

Una señora mayor se acercó por la calle.

Cuando llegó junto a Mini, se detuvo y le dijo:

–No hay nadie en casa. Se han ido de vacaciones a Marruecos.

Mini corrió a la puerta del jardín de la casa de la derecha. Allí abrieron la primera vez que llamó. Se asomó una señora. Pero no era la madre de Evi.

Mini volvió decepcionada a casa de tía Berta. Pensó: «¡Ya me lo podía haber dicho tía Berta! ¡Me habría quedado en casa!».

La tía Berta ya no estaba durmiendo. Estaba sentada en la cocina hablando por teléfono.

–No habíamos quedado en eso –dijo–. Habíamos quedado el sábado.

Y antes de colgar dijo suspirando:

–¡Está bien, mañana!

–¡Vaya granuja! –se quejó tía Berta–. ¡Tengo el tapiz a la mitad y él quiere recogerlo mañana!

–¿Te da tiempo a terminarlo? –preguntó Mini.

La tía Berta contestó que no le quedaba otro remedio. ¡Necesitaba el dinero! ¡Y el granuja no querría el tapiz si no lo recogía mañana!

«¡Estupendo!», pensó Mini. «No está Evi, no está Juli y la tía Berta tiene que trabajar y no tiene tiempo para mí. ¡Habría preferido pelearme con Moritz!»

–¿Y yo que hago? –preguntó Mini con gesto contrariado.

Tía Berta le dijo que podía ir a la tienda de la plaza a comprar leche, pan, huevos y mantequilla para el desayuno.

–¡Soy un desastre! –dijo afligida–. No tengo desayuno para ti.

Y Mini dijo:

–No importa.

Aunque en realidad estaba bastante fastidiada. Mini salió a la calle llevando una gran cesta para la compra.

–Vete calle abajo, todo recto, hasta el parque, cruzas el parque y al final está la plaza, está a dos pasos de aquí –le había explicado tía Berta.

Así pues, Mini avanzó todo recto, junto a las vallas de los jardines, durante algo así como un kilómetro, hasta llegar al parque.

«Realmente», pensó, «la tía Berta no tiene noción del tiempo si piensa que esto está a dos pasos».

Mini cruzó el parque, pasó por una zona de juegos donde no había ningún niño, hasta llegar a la plaza. En la tienda compró leche, mantequilla, huevos y pan de molde y emprendió el camino de vuelta con rapidez. Pues pensó: «¡Si no, la tía va a desayunar a la hora de la comida!».

Cuando Mini entró de nuevo en el parque, oyó voces. Cuanto más se acercaba a la zona de juegos, más alto se oían. ¡Cuando llegó a la zona de juegos no podía creer lo que veía!

En un extremo del balancín, en el suelo, había dos chicos riéndose estúpidamente.

En el otro extremo del balancín, en el aire, había una niña pequeña, moviendo los brazos y gritando desesperada. Y en el borde de la zona de juegos había una niña rubia y otra morena mirando atónitas el balancín.

–Su hermana ha ido ya a buscar a su madre –dijo la niña rubia.

Mini dejó la cesta de la compra en el suelo y se dirigió hacia el balancín. ¡Para bajar a una niña pequeña de un balancín no hace falta su madre!

–¡No vayas! –le dijo la niña morena.

Mini no es ninguna heroína. ¡Pero no podía dejar a una niña pequeña llorando desesperada! Corrió hacia el balancín, cogió a la niña y la puso en el suelo.

La niña pequeña corrió llorando hacia las otras dos niñas, los dos chicos se apartaron del balancín. Uno agarró a Mini del brazo derecho, el otro del izquierdo.

–¿Por qué tengo que soltar un euro? –preguntó Mini asombrada.

Uno de los chicos dijo:

–Somos los jefes de la zona y todos los niños nos dan un euro cada semana.

El otro chico dijo:

–¡Y si alguno no paga, le va bastante mal!

Sacó una pequeña navaja del bolsillo del pantalón, jugueteó con ella ante la nariz de Mini y preguntó:

–¿O quieres que te haga un corte de pelo?

Mini no se había topado nunca con chicos tan horribles como aquellos.

El corazón empezó a latirle con fuerza y del susto se le hizo un nudo en el estómago.

Y pensó: «¡Con estos no me puedo pelear de ninguna manera! ¡Cada uno de ellos es tres veces más fuerte que yo!».

–¡Bien, esta zángana larga y pelirroja ha entendido por fin de qué va la cosa y va a ser buena! –dijo uno de los chicos sonriendo estúpidamente, y soltó el brazo derecho de Mini.

–Una chica lista sabe lo que tiene que hacer –dijo el otro chico sonriendo, y soltó el brazo izquierdo de Mini.

Mini introdujo la mano en el bolsillo de la chaqueta. En él tenía una bolsa con canicas. La sacó, la tiró al suelo y gritó:

–¡Ahí lo tenéis!

Y salió corriendo como un rayo.

¡Mini es la mejor corriendo! Antes de que los dos granujas hubieran cogido la bolsa y visto que en ella solo había cuatro canicas, Mini ya había salido del parque y corría calle abajo.

Los chicos salieron corriendo detrás de ella. Pero no consiguieron alcanzarla. Cuando Mini entró volando en el jardín de tía Berta, estaban todavía a más de cien metros de ella.

Mini llegó hasta la puerta, llamó al timbre y gritó:

–¡Rápido, abre la puerta, tía!

Y tía Berta gritó por la ventana del cuarto de baño:

–¡En seguida voy, Mini, me estoy duchando!

¡Pero los dos pillos estaban ya en la puerta del jardín! Mini pensó: «¡Antes de que la tía Berta abra la puerta, ya me habrán pegado!». Y entonces vio su única salvación: ¡la manguera que estaba enroscada sobre el suelo! La cogió y abrió la boquilla. Un potente chorro de agua salió silbando de la manguera y se estampó contra los chicos.

–¡Largaos! ¿O queréis que siga con la ducha? –gritó Mini mientras seguía mojándolos.

Los dos granujas se marcharon empapados, maldiciendo y tiritando de frío. A Mini no le quedó muy claro si huían del agua fría o de la tía Berta, que en ese momento abrió la puerta envuelta en una toalla.

–¡No parece una buena diversión para un día tan frío! –opinó tía Berta sacudiendo la cabeza.

–¡No era un juego, era una cuestión de vida o muerte! –dijo Mini, y le explicó lo que había pasado. Y le dijo que por ese motivo había perdido además la cesta de la compra.

–¡Magnífico! –exclamó tía Berta–. ¡Habrá que hacer algo!

–¿Qué? –preguntó Mini.

–Primero voy a meter el pollo en el horno –dijo tía Berta–. En vez de desayunar vamos a comer. Y mientras se hace el pollo, voy a seguir trabajando en el tapiz y hablamos del tema.

Conectó el horno, sacó el pollo de la nevera, le puso sal y pimienta, lo colocó en una fuente y la metió en el horno.

Mini ayudó a tía Berta a tejer el tapiz. Le enhebraba las agujas y planchaba los trozos de tela arrugados. Y recogía los alfileres que se le caían a tía Berta al suelo.

La tía Berta siguió dando puntadas hasta que toda la casa olió a pollo asado y Mini dijo:

–¡Nuestro asado debe estar listo!

La tía Berta estaba cortando el pollo cuando sonó el timbre. Mini fue a abrir. Era la niña rubia de la zona de juegos del parque.

La niña rubia dijo que se llamaba Rosi, que vivía en la casa de enfrente y que conocía la cesta. Que nadie tiene en Tullnerdorf una cesta como esa.

–¿Quién ha venido? –gritó tía Berta desde la cocina.

–¡Soy Rosi! –contestó Rosi.

Y tía Berta dijo:

–¿Quieres un trozo de pollo, Rosi?

–¡Por supuesto! –dijo Mini, y fue con Mini hacia la cocina.

Mientras comían, Rosi les contó que los granujas se llamaban Otto y Emil y que su padre era el dueño del vivero. Y que todos los niños les tenían miedo. Tanto miedo que algunos no se atrevían a salir solos de casa. Y que algunas madres se habían quejado a los padres y a los profesores y que una madre incluso había ido a ver al alcalde.

–¡Pero no ha servido de nada! –dijo Rosi–. Quien no les da un euro cada semana recibe una paliza.

–¡Como la auténtica mafia! –exclamó tía Berta.

Mini mordisqueó su pata de pollo hasta dejarla limpia, se limpió la salsa de los dedos y dijo:

–Contra diez de vosotros no les iría tan bien.

Rosi dijo:

–¡Pero aquí no hay diez niños tan valientes!

Mini contestó:

–Si sois diez no necesitáis ser muy

valientes. Tampoco ellos son tan fuertes como para poder pegarse con diez niños.

Rosi se quedó pensando. Durante un rato largo. Tía Berta y Mini la miraban. Luego dijo:

–¡Ya me gustaría a mí darles una paliza a Otto y Emil! ¡Y seguro que consigo reunir a más niños que también lo están deseando!

–Pero no es necesario que les deis una paliza –dijo Mini.

–¿No? ¿Entonces? –preguntó Rosi.

Mini dijo:

–Basta con que sepan que ya no les tenéis miedo.

Dijo que una vez había visto una película en la que un pueblo entero temblaba de miedo ante un malvado. Hasta que llegó un forastero y les explicó que el malvado era en realidad un cobarde que solo sembraba el terror cuando se mostraba miedo ante él. Y la gente se unió y se enfrentaron al malvado. ¡Y desapareció y no le volvieron a ver!

Rosi dijo:

–Los niños no me van a hacer caso si les digo que no deben tener miedo. Pero a ti sí te creerían. ¡Los has mojado a los dos en el jardín! ¡Si me ayudas, lo podríamos conseguir!

Mini pensó: «¿Por qué no? Demostrar a esos dos miserables lo que vale un peine es, sin duda, menos aburrido que planchar telas, enhebrar agujas y recoger alfileres del suelo».

Mini cogió un papel y un bolígrafo y Rosi garabateó unos nombres en él. Luego tachó un par de ellos porque se acordó de que esos niños se habían ido de vacaciones.

Mini y Rosi se fueron entonces a la calle.

Fueron a buscar a todos los niños que estaban en la lista.

Algunos no estaban en casa.

Otros dijeron en seguida que querían participar.

A algunos niños tuvieron que convencerlos Mini y Rosi. Solo un niño dijo:

–¡No contéis conmigo!

Y todos los niños que querían participar quedaron en avisar y convencer a más niños.

Cuando Mini volvió a casa, ya era de noche. Tía Berta seguía trabajando en el tapiz.

Pero estaba ya casi terminado. Solo faltaba quitar unos hilos.

Mini se encargó de esta tarea. Mientras tiraba de los hilos dijo:

–¡Si mañana vienen realmente todos los niños que han dicho que sí, vamos a ser un ejército!

–¿Vamos a cenar a un restaurante o pedimos una pizza? –preguntó tía Berta.

Mini prefería pedir una pizza. Una

pizza solo de tomate y *mozzarella*. La tía Berta llamó a la pizzería de la plaza y encargó dos «margaritas». Luego le preguntó a Mini qué tenía pensado hacer con Otto y Emil.

Mini dijo:

–Mañana bien temprano, a las ocho, nos reuniremos delante de tu jardín.

–¿Por qué tan temprano? –preguntó tía Berta.

–Porque a esa hora seguro que esos dos granujas están todavía en casa –dijo Mini, y tiró del último hilo que quedaba en el tapiz–. Iremos a su casa y les diremos que nadie está dispuesto a seguir pagando.

–¡Buena idea! –dijo tía Berta.

–Y para que se den cuenta de que hablamos totalmente en serio, cada niño irá armado con una escoba.

–¡Una idea superbuena! –dijo tía Berta.

No era precisamente un ejército lo que esperaba a la mañana siguiente a Mini delante del jardín. Pero con todos los niños que había allí podía llenarse una clase del colegio hasta la última silla. Incluso había ido una niña con la pierna escayolada.

La mayoría de los niños iban armados con una escoba; un par de ellos llevaban un sacudidor de alfombras. Y una niña pequeña llevaba un simple plumero.

–¡Mucha suerte! –dijo tía Berta mientras Mini se ponía la chaqueta.

Mini se puso la escoba de tía Berta

sobre el hombro, murmuró un «¡adiós!» y salió de casa.

Estaba muy pálida y le temblaban las rodillas.

Pues de pronto no estaba tan segura de que en la vida real las cosas funcio-

naran tan bien como en la película que había visto. ¡Pero no podía echarse atrás y mandar a todos los niños de vuelta a su casa!

Así pues, Mini se fue con su escoba hacia Rosi y el resto de los niños y dijo:

–¡Hola! Soy Mini. ¡Qué bien que seamos tantos! ¿Esperamos un par de minutos por si viene alguien más?

Los niños no querían esperar, querían empezar cuanto antes.

–¡El que no es puntual tiene la culpa si se lo pierde! –dijeron.

En filas de a tres desfilaron los niños calle abajo, a través del parque, por la plaza, hasta casa de Otto y Emil.

En la primera fila, Mini y Rosi; entre ellas, la pequeña del plumero.

Se pararon delante de la casa de Otto y Emil y gritaron a coro:

En la casa se abrió una ventana. Se asomó una mujer y gritó:

–Los chicos han ido a la panadería.

Entonces, la pequeña del plumero señaló el otro lado de la calle y exclamó:

–¡Están allí!

Otto y Emil cruzaron la calle. Cada uno con una barra de pan bajo el

brazo. Miraron asombrados la concentración de niños que había delante de su casa.

–¿Son todos estos imbéciles barrenderos voluntarios? –le preguntó Otto a Emil.

–¡Eso parece! –dijo Emil, y los dos intentaron entrar en su casa. Pero los niños no les dejaron.

Levantaron amenazantes sus escobas y sacudidores y gritaron:

–¡No vais a recibir un solo euro más!

La niña pequeña sacudió su plumero y dijo:

–¡Si no lo entendéis, os sacudimos!

Mini sujetó su escoba como si fuera una lanza y apretó con fuerza contra el pecho de Otto, y Rosi apretó su escoba con fuerza contra el pecho de Emil. Mini gritó:

–¡Todos juntos somos mucho más fuertes que vosotros!

Rosi gritó:

–¡Ahora estamos unidos contra vosotros!

Al principio, Otto y Emil se quedaron parados con la boca abierta; luego fueron retrocediendo, paso a paso, y Mini y Rosi los empujaron «en retirada» calle arriba. Tras ellas avanzaban el resto de los niños, movían sus escobas y sacudidores y gritaban:

–¡Tienen miedo! ¡Sí! ¡Nos tienen miedo a nosotros!

Por el parque, hasta la zona de juegos, empujaron Mini y Rosi a Otto y Emil.

Mini iba pensando todo el rato: «¡Nunca habría imaginado que esto era tan fácil! ¡Es más fácil incluso que en la película!».

En la zona de juegos, Otto y Emil tropezaron en el borde del cajón de arena. Se les cayeron las barras de pan, cayeron hacia atrás y aterrizaron en la arena dando una voltereta. Mini apoyó su escoba en la tripa de Otto, Rosi apoyó su escoba en la tripa de Emil, los demás niños movían sus escobas y sacudidores de alfombras en el aire y gritaban:

–¡Victoria!

Y la niña pequeña se subió con su plumero a lo alto del tobogán y gritó entusiasmada:

–¡Se han rendido! ¡Están vencidos!

Pero Mini pensó de pronto desconcertada: «¿Y qué hacemos ahora? ¡No vamos a tener a estos dos granujas sujetos con nuestras escobas eternamente!».

La mujer que les había dicho por la ventana que «los chicos» estaban en la panadería acabó con las dudas de Mini. Llegó corriendo hasta la zona de juegos y gritó:

–¡Dejad a los chicos en paz, malvados!

Apartó a un par de niños a empujones, se metió en el cajón de arena y dijo jadeando:

–¡Quitad esas escobas! ¡Vais a ahogar a los pobres chicos!

Mini y Rosi, aliviadas, dejaron caer sus escobas.

La mujer ayudó a Otto y Emil a levantarse, cogió a Otto con la mano derecha y a Emil con la mano izquierda y se marchó tirando de ellos.

Mini dijo:

–¡Creo que esos dos granujas os dejarán en paz a partir de ahora!

Y Rosi dijo:

–¡Y si a pesar de todo vuelven a intentarlo, ya sabemos lo que tenemos que hacer!

Cuando Mini volvió a casa de tía Berta y le contó todo con pelos y señales, esta se quedó totalmente asombrada. Dijo unas veinte veces:

–¡Eres una auténtica heroína!

A lo que Mini respondió unas veinte veces:

–¡No es para tanto, tía Berta; para eso no hace falta ser muy valiente!

Pero en su interior se sentía un poco como una heroína. «Porque», pensaba, «también se es un poco héroe cuando se consigue hacer a los demás más valientes.»

Tres semanas más tarde, cuando Mini ya estaba de vuelta en casa, recibió una carta.

Querida Mini:
Otto y Emil ya no aparecen por el parque.
Ya no nos molestan nunca. Te damos las gracias otra vez.
Tus amigos de Tullnerdorf

Hansi
Freunde
Hannes
SARAH
Franzi
Schurli
Rosi
Sofie
Toni
Peter